W. H. Auden · Sag mir die Wahrheit über die Liebe

# Sag mir die Wahrheit über die Liebe

Zehn Gedichte von W. H. Auden

GOLDMANN VERLAG

*Umwelthinweis:*
Alle bedruckten Materialien dieses Buches
sind chlorfrei und umweltschonend.

Der Goldmann Verlag
ist ein Unternehmen der Verlagsgruppe Bertelsmann


Umschlaggestaltung: Design Team München
Umschlagfoto: Stephen Morley / ICM, London
Belichtung: Compusatz, München
Druck: Presse-Druck Augsburg
Verlagsnummer: 43031
Lektorat: Sky Nonhoff
Herstellung: Sebastian Strohmaier
Made in Germany
ISBN 3-442-43031-3

1 3 5 7 9 10 8 6 4 2

# Inhalt

O Tell Me the Truth About Love
Sag mir die Wahrheit über die Liebe . . . . . . . . 9

Song
Lied . . . . . . . . . . . . . . . . . . . . . . . . . 15

Underneath an Abject Willow
Unter einer kahlen Weide . . . . . . . . . . . . . . 17

Calypso . . . . . . . . . . . . . . . . . . . . . . . 19

As I Walked Out One Evening
Als ich eines Abends ausging . . . . . . . . . . . 21

Lullaby
Schlaflied . . . . . . . . . . . . . . . . . . . . . 27

At Last the Secret is Out
Das Geheimnis ist endlich gelüftet . . . . . . . . . 31

O What is That Sound
O was für ein Schall . . . . . . . . . . . . . . . . 33

Johnny . . . . . . . . . . . . . . . . . . . . . . . 37

Funeral Blues
Begräbnis-Blues . . . . . . . . . . . . . . . . . . 41

Über W. H. Auden . . . . . . . . . . . . . . . . . 45
Rechtenachweis . . . . . . . . . . . . . . . . . . 47

# TELL ME THE TRUTH ABOUT LOVE

*

# SAG MIR DIE WAHRHEIT ÜBER DIE LIEBE

# O Tell Me the Truth About Love

Some say that love's a little boy,
        And some say it's a bird,
Some say it makes the world go round,
        And some say that's absurd,
And when I asked the man next door,
        Who looked as if he knew,
His wife got very cross indeed,
        And said it wouldn't do.

    Does it look like a pair of pyjamas,
      Or the ham in a temperance hotel?
    Does its odour remind one of llamas,
      Or has it a comforting smell?

    Is it prickly to touch as a hedge is,
      Or soft as eiderdown fluff?
    Is it sharp or quite smooth at the edges?
      O tell me the truth about love.

Our history books refer to it
        In cryptic little notes,
It's quite a common topic on
        The Transatlantic Boats;
I've found the subject mentioned in
        Accounts of suicides,
And even seen it scribbled on
        The backs of railway-guides.

# Sag mir die Wahrheit über die Liebe

Manch einer sagt, Liebe sei kindisch,
Mancher sagt, sie sei federleicht,
Für manchen dreht sie die Welt im Kreis,
manch andrer findet's zu seicht,
Ich fragt' den Mann von nebenan,
Ob er es etwa wüßte,
Sein Weib, sie sah mich finster an,
sagt', daß er passen müßte.

Sieht sie aus wie ein Streifenpyjama,
Oder wie Schinken vom scheckigen Rind?
Riecht sie vielleicht wie ein Lama,
Oder doch mehr nach Zucker und Zimt?

Faßt sie sich an wie die Blätter von Hecken,
Oder weicher als Daunen noch?
Ist sie scharf oder rund an den Ecken?
Die Wahrheit, so sag sie mir doch.

In schlauen Büchern kommt sie vor
Umwoben wie eine Fee,
Man redet darüber, das ist bekannt,
Auf Luxusdampfern auf See;
Selbstmörder haben sie erwähnt
Ganz sicher unter Tränen,
Manch einer kritzelt gar von ihr
Auf Eisenbahnfahrplänen.

Does it howl like a hungry Alsatian,
  Or boom like a military band?
Could one give a first rate imitation
  On a saw or a Steinway Grand?

Is it singing at parties a riot?
  Does it only like Classical stuff?
Will it stop when one wants to be quiet?
  O tell me the truth about love.

I looked inside the summer-house,
    It wasn't ever there,
I tried the Thames at Maidenhead,
    And Brighton's bracing air,
I don't know what the blackbird sang,
    Or what the tulip said;
But it wasn't in the chicken-run,
    Or underneath the bed.

Can it pull extraordinary faces?
  Is it usually sick on a swing?
Does it spend all its time at the races,
  Or fiddling with pieces of string?
Has it views of its own about money?
  Does it think Patriotism enough?
Are its stories vulgar but funny?
  O tell me the truth about love.

Heult sie wie hungrige Fellachen,
Tönt sie wie ein Korpsoffizier?
Kann jemand den Klang nachmachen
Mit Säge oder Steinway-Klavier?

Tanzt sie auf Parties den Reigen?
Liebt sie's klassisch, aus jeder Epoch?
Wird sie auf Wunsch auch mal schweigen?
Die Wahrheit, so sag sie mir doch.

Ich suchte sie im Sommerhaus,
Doch war sie niemals dort,
Vergebens an der Themse auch,
Und manchem andren Ort,
Ich hörte nicht der Drossel Ruf
Noch Ansichten der Katze;
Ich fand sie nicht im Hühnerhof
Noch unter der Matratze.

Schneidet sie vielleicht gern Grimassen?
Wird ihr schlecht, wenn sie schaukelt einher?
Kann sie's Wetten auf Pferde nicht lassen?
Oder liebt sie die Geigen vielmehr?
Denkt sie dran, Geld zu machen?
Ist ihr die Heimat ein Joch?
Ist sie vulgär oder läßt sie uns lachen?
Die Wahrheit, so sag sie mir doch.

When it comes, will it come without warning,
  Just as I'm picking my nose?
Will it knock on my door in the morning,
  Or tread in the bus on my toes?
Will it come like a change in the weather?
  Will its greeting be courteous or rough?
Will it alter my life altogether?
  O tell me the truth about love.

Wenn sie kommt, kommt sie dann ohne Tarnung?
  Ist sie wie andre zu sehen?
Klopft sie dann an ohne Warnung,
  Tritt mir im Bus auf die Zeh'n?
Wird sie kommen wie plötzlicher Regen?
  Trägt sie ihr Haupt tief oder hoch?
Werd ich deshalb auf einmal verwegen?
  Die Wahrheit, so sag sie mir doch.

*Januar 1938*

# Song

Warm are the still and lucky miles,
White shores of longing stretch away,
A light of recognition fills
  The whole great day, and bright
The tiny world of lovers' arms.

Silence invades the breathing wood
Where drowsy limbs a treasure keep,
Now greenly falls the learned shade
  Across the sleeping brows
And stirs their secret to a smile.

Restored! Returned! The lost are borne
On seas of shipwreck home at last:
See! In a fire of praising burns
  The dry dumb past, and we
Our life-day long shall part no more.

# Lied

Warm sind die still und frohen Meilen,
Die weißen Küsten streckt Verlangen,
Aufleuchten des Erkennens füllt
  Den ganzen großen Tag, und hell
Die kleine Welt verliebter Arme.

Stille dringt ein, es atmet Wald,
Wo schläfrig Glieder Schätze hüten,
Jetzt rührt erfahrener Schatten grün
  Schlafende Augenbrauen an,
Bis ihr Geheimnis lächeln muß.

Ganz neu! Ganz nah! Heim als Erschaffene
Trägt Schiffbruchs Meer die lang Verschollenen:
Seht her! Im Feuer des Preises brennt
  Das dürre stumme Einst. Wir sind
Tag unsres Lebens untrennbar.

# Underneath an Abject Willow

Underneath an abject willow,
  Lover, sulk no more
Act from thought should quickly follow.
  What is thinking for?
Your unique and moping station
  Proves you cold;
  Stand up and fold
Your map of desolation.

Bells that toll across the meadows
  From the sombre spire
Toll for these unloving shadows
  Love does not require.
All that lives may love; why longer
  Bow to loss
  With arms across?
Strike and you shall conquer.

Geese in flocks above you flying,
  Their direction know,
Icy brooks beneath you flowing,
  To their ocean go.
Dark and dull is your distraction:
  Walk then, come,
  No longer numb
Into your satisfaction.

# Unter einer kahlen Weide

Unter einer kahlen Weide
  Meine Liebe, zürne nicht
Tat muß dem Gedanken gleichen.
  Braucht man denn das Denken nicht?
Deine klagend schöne Haltung
  Zeigt dich kalt;
  Steh auf und falt
Die Karte der Verwüstung.

Glockenklang weht über Felder
  Hoch vom finstren Turme her
Schlägt den kalten Schattenbildern
  Liebe braucht sie niemals mehr.
Alles Leben liebt; warum sich
  Beugen dem Verlust
  Die Arme vor der Brust?
Dem Wagemut den Sieg.

Gänse schwärmen über dir,
  Kennen ihre Bahn
Eisbäche unter dir
  Drängen heim zum Ozean.
Dumpf und träg ist deine Unrast:
  Komm, mit Verlaub,
  Stell dich nicht taub
Wirf von dir deine Last.

*März 1936*

# Calypso

Dríver drive fáster and máke a good rún
Down the Sprı́ngfield Line únder the shíning sún.

Fly like an aéroplane, dón't pull up shórt
Till you bráke for Grand Céntral Státion, New Yórk.

For thére in the míddle of thát waiting-háll
Should be stánding the óne that I love best of áll.

If he's nót there to méet me when Í get to tówn,
I'll stánd on the síde-walk with téars rolling dówn.

For hé is the óne that I lóve to look ón,
The ácme of kindness and pérfectión.

He présses my hánd and he sáys he loves mé,
Which I fínd an admirable pecúliarity.

The wóods are bright gréen on both sídes of the líne;
The trées have their lóves though they're dífferent
from míne.

But the póor fat old bánker in the sún-parlour cár
Has nó one to lóve him excépt his cigár.

If Í were the Héad of the Chúrch or the Státe,
I'd pówder my nóse and just téll them to wáit.

For lóve's more impórtant and pówerful thán
Even a príest or a pólitición.

# Calypso

Fahrer fahr schneller, ja, ras' meinetwegen
Fahr die Straß' gradeaus und der Sonne entgegen.

Flieg wie ein Flugzeug, bleib bloß nicht stehn,
Mach nicht halt, bevor wir Grand Central sehn.

Denn dort in der Mitte der Wartehalle,
Sollte der stehn, den ich mehr lieb als alle.

Wenn ich dort reinstürm und sehe da keinen,
Werd ich fluchen und bittere Tränen weinen.

Denn für mich ist er Schönheit, und das in Person,
Mein Inbegriff von Güte und Perfektion.

Er hält meine Hand, und er sagt, er liebt mich,
Das find' ich ganz hübsch, auch eigentümlich.

Die Wälder sind grün, Unterschiede sieht keiner;
Jeder Baum hat 'nen Liebsten, doch keiner ist
meiner.

Der arme fette Banker in der protzigen Karre,
Hat keinen, der ihn liebt, nur seine Zigarre.

Ich wünscht', ich wär Papst oder Staatspräsident,
Ich würd' dahin gehen, wo keiner mich fänd'.

Denn Liebe ist wichtiger und mächtiger
Als irgendein Pfaff oder Politiker.

*Mai 1939*

# As I Walked Out One Evening

As I walked out one evening,
  Walking down Bristol Street,
The crowds upon the pavement
  Were fields of harvest wheat.

And down by the brimming river
  I heard a lover sing
Under an arch of the railway:
  'Love has no ending.

I'll love you, dear, I'll love you
  Till China and Africa meet,
And the river jumps over the mountain
  And the salmon sing in the street.

I'll love you till the ocean
  Is folded und hung up to dry
And the seven stars go squawking
  Like geese about the sky.

The years shall run like rabbits,
  For in my arms I hold
The Flower of the Ages,
  And the first love of the world.'

# Als ich eines Abends ausging

Als ich eines Tages ausging,
  Durch die Bristolstraße schritt,
Da war die Menge am Gehsteig
  Ein Weizenfeld vor dem Schnitt.

Ich hörte beim schäumenden Fluß,
  Wo der Eisenbahnbogen sich schwang:
»Liebe hat kein Ende.«
  Das war ein Verliebter, der sang.

»Ich liebe dich, Liebe, ich lieb' dich,
  Bis der Fluß den Berg überspringt,
Bis sich China und Afrika treffen
  Und der Fisch auf der Straße singt.

Ich lieb' dich, bis vom Wäschestrick
  Der trocknende Ozean weht
Und eine schreiende Gänseschar statt
  Der sieben Sterne am Himmel steht.

Wie Hasen sollen die Jahre
  Laufen. Mein Arm hält
Die Blume aller Zeiten
  Und die erste Liebe der Welt.«

But all the clocks in the city
  Began to whirr and chime:
'O let not Time deceive you,
  You cannot conquer Time.

In the burrows of the Nightmare
  Where Justice naked is,
Time watches from the shadow
  And coughs when you would kiss.

In headaches and in worry
  Vaguely life leaks away,
And Time will have his fancy
  To-morrow or to-day.

Into many a green valley
  Drifts the appalling snow;
Time breaks the threaded dances
  And the diver's brilliant bow.

O plunge your hands in water,
  Plunge them in up to the wrist;
Stare, stare in the basin
  And wonder what you've missed.

The glacier knocks in the cupboard,
  The desert sighs in the bed,
And the crack in the tea-cup opens
  A lane to the land of the dead.

Von den Glockentürmen der Stadt
  Aber scholl es und schrie:
»Laß nicht die Zeit dich trügen,
  Du besiegst die Zeit nie.

In den Wühlstollen des Alptraums,
  Wo Gerechtigkeit nackt sein muß,
Wartet die Zeit unter Schatten
  Und hustet vor deinem Kuß.

In Kopfschmerz und in Sorgen
  Wird das Leben im Nebel verstreut,
Die Zeit tut, was ihr einfällt,
  Morgen oder heut.

In viele grüne Täler
  Weht der schlimme Schnee;
Zeit bricht die verschlungenen Tänze
  Und des Tauchers Sprung in die See.

O tauch deine Hände ins Wasser,
  Tauch ein bis ans Handgelenk,
Starre, starre ins Becken
  Und was du versäumt hast, denk.

Der Gletscher poltert im Kasten,
  Im Bett die Wüste ächzt,
Bis die Straße ins Land der Toten
  Aus dem Sprung in der Teetasse wächst.

Where the beggars raffle the banknotes
  And the Giant is enchanting to Jack,
And the Lily-white Boy is a Roarer,
  And Jill goes down on her back.

O look, look in the mirror,
  O look in your distress;
Life remains a blessing
  Although you cannot bless.

O stand, stand at the window
  As the tears scald and start;
You will love your crooked neighbour
  With your crooked heart.'

It was late, late in the evening,
  The lovers they were gone;
The clocks had ceased their chiming,
  And the deep river ran on.

Wo die Bettler Banknoten verlottern
  Und der Riese die Kinder nicht frißt,
Und der Däumling ein schrecklicher Raufbold
  und Mariechen gefallen ist.

O schau, schau in den Spiegel,
  Schau deinen Kummer an;
Dir auch ist Leben ein Segen,
  Dir, der nicht segnen kann.

O steh, steh beim Fenster,
  Jetzt kommt der Träne Schmerz;
Du sollst lieben den krummen Nachbar
  Mit deinem krummen Herz.«

Es war spät, spät am Abend,
  Keine Glocke rief;
Die Liebenden waren gegangen
  Und der Fluß rann tief.

*November 1937*

# Lullaby

Lay your sleeping head, my love,
Human on my faithless arm;
Time and fevers burn away
Individual beauty from
Thoughtful children, and the grave
Proves the child ephemeral:
But in my arms till break of day
Let the living creature lie,
Mortal, guilty, but to me
The entirely beautiful.

Soul and body have no bounds:
To lovers as they lie upon
Her tolerant enchanted slope
In their ordinary swoon,
Grave the vision Venus sends
Of supernatural sympathy,
Universal love and hope;
While an abstract insight wakes
Among the glaciers and the rocks
The hermit's carnal ecstasy.

# Schlaflied

Liebste, gib dein müdes Haupt
Gütig mir, der treulos ist;
Zeit, Gelüste – dies Gewaber
Nimmt den grüblerischen Kindern
Alle Anmut, und das Grab
Zeigt, daß wir vergänglich sind:
Bis zum Morgengrauen aber
Bleib, lebendiges Wesen, bleib,
Sterblich, schuldig, doch für mich
Schönheit in Vollkommenheit.

Geist und Leib sind schrankenlos:
Wenn Liebende beisammen sind
Auf jenem Hang Glückseligkeit,
Wo die Ohnmacht sie umspinnt,
Dann verkündet Venus ernst
Die Harmonie als Zauberkraft,
Liebe, Hoffnung weltenweit;
Doch ein kalter Scharfblick wacht
Im Gletschereis und Felsgewirr
Der ichbezognen Leidenschaft.

Certainty, fidelity
On the stroke of midnight pass
Like vibrations of a bell
And fashionable madmen raise
Their pedantic boring cry:
Every farthing of the cost,
All the dreaded cards foretell,
Shall be paid, but from this night
Not a whisper, not a thought,
Not a kiss nor look be lost.

Beauty, midnight, vision dies;
Let the winds of dawn that blow
Softly round your dreaming head
Such a day of welcome show
Eye and knocking heart may bless,
Find our mortal world enough;
Noons of dryness find you fed
By the involuntary powers,
Nights of insult let you pass
Watched by every human love.

Sicherheit, Verläßlichkeit
Schwinden mit der Mitternacht
Wie der Schall vom Glockenschlag,
Und irre Zeitgenossen krähn
Jetzt ihr kleinliches Geschrei:
Jeder Preis, der ausgemacht,
Was die Karten wahrgesagt
Wird beglichen, doch kein Wort,
Kein Gedanke, Kuß und Blick
Sei dahin nach dieser Nacht.

Schönheit, Nacht, Vision vergehn:
Mache, Frühwind, der umweht
Sanft dein Haupt voll Träumerei,
Daß ein schöner Tag entsteht,
Der das kranke Herz versöhnt,
Sterblich ist die Welt, es sei;
Trifft dich klares Mittagslicht,
Sei gestärkt dank wilder Mächte,
Kränkten Nächte dich, vergiß,
Welches Auge sah sie nicht.

*Januar 1937*

# At Last the Secret is Out

At last the secret is out, as it always must come
in the end,
The delicious story is ripe to tell to the intimate
friend;
Over the tea-cups and in the square the tongue has
its desire;
Still waters run deep, my dear, there's never smoke
without fire.

Behind the corpse in the reservoir, behind the
ghost on the links,
Behind the lady who dances and the man who
madly drinks,
Under the look of fatigue, the attack of migraine
and the sigh
There is always another story, there is more than
meets the eye.

For the clear voice suddenly singing, high up in
the convent wall,
The scent of the elder bushes, the sporting prints
in the hall,
The croquet matches in summer, the handshake,
the cough, the kiss,
There is always a wicked secret, a private reason
for this.

# Das Geheimnis ist endlich gelüftet

Das Geheimnis ist endlich gelüftet, so ist es doch
immer am End,
Schon giert der engste Busenfreund, der das
Skandälchen noch nicht kennt;
Die Zunge weiß kein Halten, sei's in Salon oder
Scheuer;
Stille Wasser sind tief, mein Freund, und kein Rauch
ohne Feuer.

Hinter der Leiche im Brunnen und dem Geist,
der nächtens singt,
Hinter der lustigen Witwe und dem Mann,
der zuviel trinkt,
Hinter dem pochenden Kopfschmerz,
dem Seufzer, dem müden Gesicht
Liegt immer noch etwas verborgen, und es scheut
wie der Teufel das Licht.

Sei's nur ein silberhelles Kichern, das im Konvent
erschallt,
Sei's der Duft von Heckenrosen, das Picknick im
Wald,
Die Bilder an der Wand, der Handschlag, das
Räuspern, der Kuß,
Immer gibt es ein dunkles Geheimnis, das offenbart
werden muß.

*April 1936*

# O What is That Sound

O what is that sound which so thrills the ear
  Down in the valley drumming, drumming?
Only the scarlet soldiers, dear,
  The soldiers coming.

O what is that light I see flashing so clear
  Over the distance brightly, brightly?
Only the sun on their weapons, dear,
  As they step lightly.

O what are they doing with all that gear,
  What are they doing this morning, this morning?
Only their usual manoeuvres, dear,
  Or perhaps a warning.

O why have they left the road down there,
  Why are they suddenly wheeling, wheeling?
Perhaps a change in their orders, dear.
  Why are you kneeling?

O haven't they stopped for the doctor's care,
  Haven't they reined their horses, their horses?
Why, they are none of them wounded, dear,
  None of these forces.

# O was für ein Schall

O was für ein Schall, daß das Ohr schier platzt,
  Unten vom Tal wie Trommeln, Trommeln?
Nur die roten Soldaten, Schatz,
  Die Soldaten kommen.

O was für ein Licht, welch ein Blitzen, wie hat's
  Kraft, so zu strahlen weithin, weithin?
Nur auf den Waffen die Sonne, Schatz,
  Im Vorwärtsziehn.

O was nur, was tun sie, und dieses Geprotz,
  Was all das Treiben am Morgen, so früh schon?
Nur ihr Manöver wie üblich, Schatz,
  Vielleicht auch ein Drohen.

O sieh, sie verlassen die Straße jetzt,
  Was ist von dem plötzlichen Schwenk der Sinn?
Vielleicht nur ein neuer Befehl, mein Schatz.
  Was kniest du dich hin?

O machen sie dort nicht beim Arzt kurz Rast
  Und halten die Pferde am Riemen, am Riemen?
Ach wo, da ist keiner verletzt, mein Schatz,
  Keiner von ihnen.

O is it the parson they want, with white hair,
  Is it the parson, is it, is it?
No, they are passing his gateway, dear,
  Without a visit.

O it must be the farmer who lives so near.
  It must be the farmer so cunning, so cunning?
They have passed the farmyard already, dear,
  And now they are running.

O where are you going? Stay with me here!
  Were the vows you swore deceiving, deceiving?
No, I promised to love you, dear,
  But I must be leaving.

O it's broken the lock and splintered the door,
  O it's the gate where they're turning, turning;
Their boots are heavy on the floor
  And their eyes are burning.

O wolln sie zum Pastor, schau hin zu dem Platz,
  Soll es der Pastor, der Pastor sein?
Nein, ziehn am Tor schon vorbei, mein Schatz,
  Und gehn nicht rein.

O es gilt wohl der Nachbarfarm ihre Hatz,
  Dem Farmer, der stets so gerissen, gerissen?
Sind im Sturm vorbei längst am Farmtor, Schatz,
  Jetzt wolln sie es wissen.

O wo gehst du hin? Bei mir ist dein Platz!
  Waren Lügen die Eide, dein Schwören, dein Flehen?
Nein, ich schwor dich zu lieben, Schatz,
  Und ich muß jetzt gehen.

O es berstet das Schloß, es splittert die Tür,
  Das Tor ist's, das sie berennen, berennen;
Ihr Stiefeltritt kracht durch den Flur,
  Und ihr Blick ein Brennen.

*Oktober 1932*

# Johnny

O the valley in the summer where I and my John
Beside the deep river would walk on and on
While the flowers at our feet and the birds up
above
Argued so sweetly on reciprocal love,
And I leaned on his shoulder; 'O Johnny, let's
play':
But he frowned like thunder and he went away.

O that Friday near Christmas as I well recall
When we went to the Charity Matinee Ball,
The floor was so smooth and the band was so loud
And Johnny so handsome I felt so proud;
'Squeeze me tighter, dear Johnny, let's dance till
it's day':
But he frowned like thunder and he went away.

Shall I ever forget at the Grand Opera
When music poured out of each wonderful star?
Diamonds and pearls they hung dazzling
down
Over each silver or golden silk gown;
'O John I'm in heaven,' I whispered to say:
But he frowned like thunder and he went away.

# Johnny

O die Wiesen im Sommer, dort am glitzernden Fluß
Und Johnny und ich, Hand in Hand, Fuß bei Fuß,
Und die Blumen im Gras, die Vögel, selbst die
Linden,
Sie wispern von Herzen, die in Liebe sich finden,
»O küß mich, Johnny, Liebster«, haucht' ich an
jenem Ort,
Doch er schaute nur grimmig, und dann ging er fort.

Dieser Freitag vor Weihnacht, ich denk an den Tanz,
An den Ball, wo wir waren, den Lichterglanz,
Das Parkett spiegelglatt, dieses eine Stück,
Und Johnny so stattlich, mein ganzes Glück.
»Drück mich an dich, mein Johnny, bis zum letzten
Akkord«;
Doch er schaute nur grimmig, und dann ging er fort.

Und der Abend in der Oper, ich seh's noch wie heute,
Das Orchester, die Bühne, die prächtigen Leute.
Die Musik schien so kostbar wie der Samt und
die Seide
Die wallenden Roben, die funkelnden Geschmeide;
»O mir ist's wie im Himmel«, sagte ich dort.
Doch er schaute nur grimmig, und dann ging er fort.

O but he was as fair as a garden in flower,
As slender and tall as the great Eiffel Tower,
When the waltz throbbed out on the long
promenade
O his eyes and his smile they went straight to
my heart;
'O marry me, Johnny, I'll love and obey':
But he frowned like thunder and he went away.

O last night I dreamed of you, Johnny,
my lover,
You'd the sun on one arm and the moon on
the other,
The sea it was blue and the grass it was green,
Every star rattled a round tambourine;
Ten thousand miles deep in a pit there I lay:
But you frowned like thunder and you went
away.

O er war so schön und so schmuck wie kein zweiter,
Kein Held war hehrer, keine Schulter war breiter.
Seine Augen, sein Lächeln, wenn im Tanz wir uns
wiegten,
Welch wonnige Schauer, wenn wir aneinander uns
schmiegten;
»O heirate mich, Johnny, ich folg dir aufs Wort«;
Doch er schaute nur grimmig, und dann ging er fort.

O du erschienst mir im Traum, mein Johnny,
mein Leben,
Einem Gott gleich, dein Haupt von Gestirnen
umgeben;
Die Sonn' zu den Füßen, den Mond in der Hand,
Aus Meer geboren, empfangen vom Land;
Und ich tief unten am dunkelsten Ort,
Doch du schautest nur grimmig, und dann gingst
du fort.

*April 1937*

# Funeral Blues

Stop all the clocks,
  cut off the telephone,
Prevent the dog from barking
  with a juicy bone,
Silence the pianos
  and with muffled drum
Bring out the coffin,
  let the mourners come.

Let aeroplanes circle
  moaning overhead
Scribbling on the sky
  the message He Is Dead,
Put crêpe bows round the white necks
  of the public doves,
Let the traffic policemen
  wear black cotton gloves.

He was my North, my South,
  my East and West,
My working week
  and my Sunday rest,
My noon, my midnight,
  my talk, my song;
I thought that love would last for ever:
  I was wrong.

# Begräbnis-Blues

Haltet alle Uhren an,
  laßt das Telefon abstellen,
Hindert den Hund daran,
  den saftigen Knochen anzubellen,
Klaviere sollen schweigen,
  und mit gedämpftem Trommelschlag,
Laßt die Trauernden nun kommen,
  tragt heraus den Sarg.

Laßt Flugzeuge kreisen,
  klagend im Abendrot,
An den Himmel schreibend
  die Botschaft *Er ist tot;*
Laßt um die weißen Hälse der Tauben
  Kreppschleifen schlagen,
Und Verkehrspolizei schwarze
  Baumwollhandschuh' tragen.

Er war mein Nord, mein Süd,
  mein Ost und West,
Meine Arbeitswoche
  und mein Sonntagsfest,
Mein Gespräch, mein Lied,
  mein Tag, meine Nacht,
Ich dachte, Liebe währet ewig:
  Falsch gedacht.

The stars are not wanted now;
  put out every one;
Pack up the moon
  and dismantle the sun;
Pour away the ocean
  and sweep up the wood;
For nothing now
  can ever come to any good.

Die Sterne sind jetzt unerwünscht,
löscht jeden aus davon,
Verhüllt auch den Mond
und nieder reißt die Sonn',
Fegt die Wälder zusammen
und gießt aus den Ozean,
Weil nun nichts mehr
je wieder gut werden kann.

*April 1936*

# Über W. H. Auden

Wystan Hugh Auden wurde am 21. Februar 1907 in York geboren. Er besuchte die Gresham's School in Holt und das Christ Church College in Oxford; danach lebte er ein Jahr in Berlin. In den frühen dreißiger Jahren unterrichtete er als Lehrer im schottischen Helensburgh, später an der Downs School in der Nähe von Malvern. Mitte der Dreißiger arbeitete er als freier Schriftsteller, veröffentlichte ein Reisebuch über Island (in Zusammenarbeit mit Louis MacNeice) und ein Buch über den Chinesisch-Japanischen Krieg (zusammen mit Christopher Isherwood). In Kooperation mit Isherwood schrieb er darüber hinaus drei Stücke für das Group Theatre: *The Dog Beneath the Skin*, *The Ascent of F6* und *On the Frontier*. Im Spanischen Bürgerkrieg kämpfte er auf der Seite der Republikaner. 1939 emigrierte er in die Vereinigten Staaten; 1946 wurde er amerikanischer Staatsbürger. Von 1941 an lebte er in New York und lehrte in den Folgejahren in Michigan und Swarthmore. 1945 arbeitete er für die US-Feindaufklärung in Deutschland. Von 1948 bis 1972 verbrachte er die Winter in Amerika, die Sommer in Europa, zuerst auf Ischia und ab 1958 im österreichischen Kirchstetten. Während dieser Jahre schrieb er vier Opernlibretti in Zusammenarbeit mit Chester Kallman: *The Rake's Progress* (für Igor Strawinsky), *Elegie für junge Liebende* und *Die Bassariden* (beide für Hans Werner Henze) und *Love's Labour's Lost* (für Nicholas

Nabokov). Von 1956 bis 1960 lehrte er als Professor of Poetry in Oxford. W.H. Auden, einer der größten englischen Lyriker dieses Jahrhunderts, starb am 29. September 1973 in Wien.

*

Die hier – großenteils zum ersten Mal in deutscher Sprache – vorliegenden Gedichte aus den Jahren 1932 bis 1939 zeigen einen Klassiker der angelsächsischen Literatur als ›Mann für jede Tonart‹: Wystan Hugh Auden, einen Dichter zwischen John Donne und Brecht/Weill, Walt Whitman und Cole Porter. Seine Songs und Balladen, hin- und herpendelnd zwischen Euphorie und Elegie, Swing und Melancholie, bestechen mehr als ein halbes Jahrhundert nach ihrer Entstehung durch ihren Charme und ihre Zeitlosigkeit – unglaublich modern, hemmungslos romantisch, umwerfend melodiös, und im besten, eigentlichen Sinne: einfach traumhaft schön.

S. N.

# Rechtenachweis